AF240435

RÉCIT
D'UNE EXCURSION

SUR LES BORDS

DE LA MER MORTE,

PAR M. DE SAULCY.

Lu dans la séance publique annuelle du 22 août 1851.

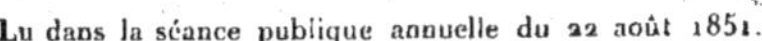

Lorsque, du haut du mont des Oliviers, le voyageur jette les yeux autour de lui, il aperçoit le panorama le plus émouvant qu'il soit peut-être donné à l'homme de contempler sur la terre. A l'occident, c'est la cité sainte avec ses murailles à l'aspect triste et sévère, avec ses dômes et ses minarets, avec ses souvenirs qui remuent si fortement le cœur; à ses pieds s'ouvre la vallée de Josaphat avec ses cimetières désolés, avec le lit pierreux et aride du Cédron, avec les oliviers trente fois séculaires au pied desquels le Christ et ses disciples se sont peut-être assis. Au sud, voici le mont du Scandale, cet écueil de la sagesse de Salomon; le champ du Sang, monument impérissable de la plus infâme des trahisons, et au pied de ce champ la vallée de

1

Hinnom, où des rois de Juda, reniant le culte de Jéhovah,
se souillèrent parfois des crimes hideux que leur imposaient
les pontifes de Moloch. Plus loin, c'est Beit-Lehm, humble
berceau du Sauveur du monde. Que le voyageur se retourne
alors et regarde vers l'orient, il aperçoit la vallée du Jourdain, le plus saint des fleuves; la plaine verdoyante de Jéricho, puis un lac bleu que surplombent les montagnes aux
teintes ardentes des terres d'Ammon et de Moab. Ce lac,
c'est la mer Morte, mer mystérieuse dont on n'a plus cessé
de redouter les rives, depuis le jour où la vengeance divine
a passé sur elles. Là tout est mort, là tout meurt, dit-on;
et les plus hardis parmi les pèlerins qui viennent à Jérusalem, se contentent de toucher la plage maudite, dont ils
s'éloignent en hâte, emportant au fond du cœur le souve-
nir de la scène de désolation éternelle qui a frappé leurs
yeux, et la confiance la plus entière dans les récits dont
leur enfance a été terrifiée.

Qui de nous, en effet, ne l'a cent fois entendu ce récit ?
Là florissaient cinq villes puissantes, Sodome, Gomorrhe,
Seboïm, Segor et Adama, villes criminelles entre toutes les
villes, et que Dieu, dans sa justice, résolut d'anéantir pour
servir d'exemple aux générations qui se succéderaient sur
la terre. Une effroyable pluie de feu consuma les cités ré-
prouvées et tous leurs habitants; la délicieuse vallée de Sittim, dans laquelle ces villes étaient voluptueusement assises,
s'entr'ouvrit, et de l'abîme s'éleva, pour les engloutir, une
mer hideuse, dont les exhalaisons seules donnent la mort
aux oiseaux qui s'aventurent au-dessus de ses flots empestés.
Un juste, un seul, vivait parmi les populations de la Pentapole; Loth trouva grâce devant Jéhovah. Loth devait être

sauvé, et il put échapper au désastre de Sodome. Mais la femme de Loth désobéit à l'ange qui avait ordonné au patriarche de fuir avec les siens, sans regarder derrière lui : l'imprudente, poussée par une invincible curiosité, eut la faiblesse de jeter un dernier regard sur Sodome, et elle fut changée en statue de sel. Depuis lors, rien n'a végété, rien n'a vécu sur les rivages de la mer Morte.

Voilà, en peu de mots, le récit que l'on trouve et que l'on accepte partout, depuis bien des siècles. Est-ce à dire pour cela qu'il mérite une croyance entière, et qu'il soit obligatoire de la lui accorder sans examen? Depuis quelques années, on a sagement pensé que la religion n'avait rien à redouter des progrès de la science ; et la science a vivement réclamé les observations que des hommes de bonne foi iraient recueillir sur les bords maudits de la mer Morte. Bien des explorations ont été tentées avec plus ou moins de succès. Burkhardt et Seetzen d'abord, puis Irby et Mangles, Molyneux, Costigan, Robinson, de Bertou, et tout récemment le capitaine de la marine américaine Lynch, se sont hasardés sur les bords ou sur les flots mêmes de la mer Morte. Quelques-uns d'entre eux ont, il est vrai, payé de leur vie leur courageuse entreprise; mais s'ensuit-il qu'il y ait plus de danger à parcourir les bords de la mer Morte que les autres contrées de l'Arabie Pétrée? Je ne l'ai pas pensé. Dans un climat de feu, où toute imprudence est mortelle, n'était-il pas vraisemblable que des imprudences avaient amené des catastrophes déplorables sans doute, mais faciles à éviter? Je l'ai cru, et je me suis décidé à aller interroger, à mon tour, des rivages sur le compte desquels presque tout encore restait à apprendre. Dans les premiers jours de janvier de cette année, j'ai quitté Jérusalem pour entreprendre par terre le tour de la mer Morte ; et cette course de vingt-deux jours, je viens aujourd'hui la raconter simplement à l'Académie.

En acuun point de la Syrie on ne voyage avec une sécurité complète ; il était donc indispensable de prendre des précautions réelles, avant de se hasarder dans des pays où l'autorité turque ne peut donner aucune protection. J'avais avec moi des compagnons déterminés, ou plutôt des amis dévoués de cœur, et tout prêts à prendre bravement leur part des fatigues, des privations et des périls, si toutefois il s'en présentait. Par l'entremise de notre consul à Jérusalem, nous nous abouchâmes avec le scheikh des Tâamery, et celui-ci se chargea de nous conduire partout où nous voudrions et de nous ramener sains et saufs à Jérusalem, moyennant une récompense qui n'était nullement exorbitante. Hamdan (c'est le nom du scheikh), devait nous accompagner, et nous fournir une escorte de trois cavaliers et de cinq fantassins tirés de sa tribu ; cette escorte était suffisante, à ce qu'il prétendait. Notre traité passé devant le consul, nous nous hâtâmes de faire tous nos préparatifs de départ : cadeaux à distribuer pour les Bédouins, vivres, cantines et tentes pour nous, furent chargés sur des mulets, et, le 5 janvier, à deux heures de l'après-midi, nous partîmes pour Beit-Lehm, où nous allâmes loger au couvent des franciscains. Là, nous obtînmes une lettre du patriarche grec pour le supérieur du monastère de Saint-Saba, où nous nous rendîmes le lendemain, et où nous fûmes parfaitement accueillis, grâce à la recommandation dont nous nous étions munis, et sans laquelle nous fussions certainement restés à la porte.

Saint-Saba est une véritable forteresse bâtie, comme un nid d'oiseau de proie, sur le flanc abrupt de l'Ouad-en-Nâr, ou vallée du Cédron, qui, partant de Jérusalem, va déboucher sur la plage de la mer Morte. Rien de plus sauvage que le désert dans lequel est situé le couvent, et pourtant nous pûmes constater en ce point des traces non équivoques d'une localité antique, assez importante pour posséder des monuments pavés en mosaïque. A Saint-Saba, le scheikh Hamdan devint soucieux; il nous représenta très-humblement que nous avions des bagages considérables dont la vue ne manquerait pas d'exciter la convoitise des Bédouins, et, en conséquence, il nous pria de doubler la force de sa petite troupe. Nous n'avions garde de refuser; et le lendemain nous descendions, par un chemin qui pourrait, à bon droit, s'appeler un escalier en ruines, sur le bord même de la mer, au point où surgit une source d'eau douce assez chaude, nommée Ayn-er-Rhoueyr. Dès notre arrivée, nous eûmes à constater plusieurs faits, à l'existence desquels nous étions assez peu préparés. Ainsi une végétation merveilleuse, une véritable forêt de roseaux de vingt pieds de hauteur, des oiseaux volant et nageant même sur la mer Morte : voilà ce qui nous frappa tout d'abord. Nos Arabes nous remirent des morceaux de soufre et de bitume recueillis sur la plage; mais ce qui nous parut plus extraordinaire encore que tout le reste, ce fut un petit poisson mort qu'ils ramassèrent avec le bitume et le soufre. Nous marchions de surprise en surprise; et, puisque nous voyions des canards s'ébattre sur la mer Morte, il ne nous semblait pas plus difficile d'admettre que des poissons y vécussent. C'était là pourtant une erreur, et nous avons eu, bien des fois depuis, lieu de nous convaincre que pas un être vivant n'existe dans les eaux de ce lac étrange. D'où provenait donc le poisson que nous avions trouvé? Le voici. Le Jourdain et l'Ouad-el-Moudjeb, l'Arnon des anciens, sont deux rivières poissonneuses, mais extrêmement rapides; souvent, en se jetant dans le lac, leurs flots entraînent des poissons, et ces animaux ne tardent pas à y périr; les Arabes ont été unanimes pour nous affirmer ce fait, qu'ils sont d'ailleurs à même d'observer fréquemment. Dès ce jour, un autre fait tout aussi curieux fut démontré pour nous; je veux parler de la dépression incroyable du niveau de la mer Morte, au-dessous du niveau de la Méditerranée. Cette dépression, calculée directement par M. de Bertou à l'aide d'observations barométriques, est, suivant lui, de plus de 400 mètres; et, toute observation rigoureuse mise à part, la dépression n'en serait pas moins évidente pour quiconque comparerait la montée qu'il faut effectuer en quittant Jaffa, afin d'arriver au niveau de Jérusalem, avec la descente beaucoup plus considérable qui, de Jérusalem, conduit au bord de la mer Morte. Notre première nuit se passa à Ayn-er-Rhoueyr; l'air était chaud, mais d'une pureté extrême, et personne de nous ne fut tenté de se plaindre des exhalaisons funestes de la mer.

Au point du jour nous étions debout, admirant la magnificence du lac, dont nous ne pouvions encore apercevoir la pointe sud. L'eau est d'une limpidité complète, mais affreusement salée et amère en même temps; elle est presque saturée des sels qui y sont en dissolution; car, à partir de la plage, le fond est tapissé d'une croûte cristallisée que l'on voit plonger rapidement vers le large. En quittant Ayn-er-Rhoueyr, nous marchâmes directement au sud jusqu'à une

autre source nommée *Ayn-et-Therabeh*, et à travers un
fourré très-épais de roseaux et de tamarins. Quelques beaux
mimosas se voyaient de loin en loin. Arrivés à ce point,
Hamdan nous annonça qu'il n'y avait pas de chemin prati-
cable pour gagner Ayn-Djedy, l'Engaddi de la traduction
des saintes Écritures, et qu'il nous fallait remonter dans la
montagne, afin de redescendre ensuite sur la plage. Nous
nous laissâmes conduire ; et, pour atteindre ainsi un point
éloigné de quelques lieues tout au plus, nous dûmes passer
deux journées entières à cheminer dans le plus triste des
déserts. Là nous renouvelâmes une observation qui nous
avait déjà frappés en descendant de Mar-Saba à Ayn-er-
Rhoueyr. Sur les flancs de tous les coteaux tournés vers le
nord, nous voyions de longues taches rougeâtres formées par
des fragments de roches calcinées qui représentaient à mer-
veille les jetées de pierres lancées par une fougasse ou par
une mine. Les premières de ces jetées se composaient de
cailloux de forte dimension, et, à mesure que nous avan-
cions, les fragments diminuaient graduellement, de telle
façon qu'ils finissaient par ne plus être gros que comme une
noix ordinaire. Toutes ces jetées enfin convergeaient visible-
ment vers un même point éloigné. Nous en conclûmes qu'en ce
point se trouvait nécessairement quelque cratère, et nous ne
tardâmes pas à nous convaincre que nous avions deviné juste.

Je reviens à notre itinéraire. Le premier jour, nous cam-
pâmes dans un ravin sauvage et abrupt, nommé *Ouad-
Haçaça*, et qui débouche près d'Ayn-Djedy. N'y a-t-il pas
dans ce nom la trace évidente du nom biblique primitif
d'Engaddi, *Haçaçon-Thamar?* Je n'hésite pas à l'admettre.
Le second jour, nous arrivions à Ayn-Djedy, et nous dres-

sions nos tentes auprès d'une source délicieuse et au milieu
de la plus admirable végétation. Nous ne savions pas alors
qu'Ayn-Djedy fût la limite extrême du pays dans lequel le
scheikh Hamdan pouvait se permettre de nous escorter. Dé-
passer ce point sans l'assentiment du scheikh de la tribu des
Djahalin lui était interdit. Nous l'apprîmes à notre arrivée,
et nous comprîmes alors pourquoi le chemin du rivage était
devenu impraticable pour nous à partir de Ayn-et-Therabeh. Il fallait attendre la venue du scheikh Dhaïf-Oullah-
Abou-Dâouk; et afin de lui laisser le temps d'arriver, notre
guide nous avait fait employer, à travers des routes détesta-
bles, deux jours entiers pour gagner un point que nous eus-
sions pu atteindre en quatre ou cinq heures. Une fois entre
les mains des Bédouins, il faut se résigner et prendre patience: c'est ce que nous fîmes, et nous fîmes bien. Une
heure après notre arrivée à Ayn-Djedy, nous étions rejoints
par Abou-Dâouk, suivi de son frère et de deux autres cavaliers. Il fallut quatre heures entières de l'une de ces confé-
rences arabes où l'on parle de tout, excepté du sujet dont
on désire parler, pour conclure avec les nouveaux venus
un marché semblable à celui que nous avions conclu avec les
Tâamery. Il fut convenu que nous prendrions chez les Djahalin autant de monde que chez les Tâamery, et notre escorte
se trouva du coup portée à trente-deux Bédouins.

Nous avons vainement cherché les pâturages d'Engaddi,
et nous n'avons trouvé à leur place que des champs de ro-
cailles brûlées, couverts des ruines d'une ville considérable
en étendue, mais d'une construction très-primitive. Il est
vrai que les bords du ruisseau sont jusqu'à la plage ombragés
de beaux arbres qui forment des fourrés ravissants, dans les-

quels gazouillent des centaines de petits oiseaux. Là nous vîmes pour la première fois les fruits dont la structure a donné lieu à la tradition des fameuses pommes de Sodome, de ces fruits maudits qui s'évanouissent en cendre et en fumée dès qu'on les touche. Le premier de ces fruits, nommé par les Arabes l'orange de Sodome (Bortoukan esdoum), est le fruit de l'*asclepias procera*. Lorsqu'il est mûr, en effet, il s'ouvre dès qu'on le presse entre les doigts, et il laisse échapper des milliers de graines surmontées de petits panaches soyeux. Voilà pour la fumée. L'autre est la pomme d'une magnifique solanée à fleurs roses, et qui, lorsqu'on l'ouvre, répand une petite graine noirâtre, assez semblable aux graines du pavot. Voilà pour la cendre.

Le lendemain, nous quittions Ayn-Djedy, et nous allions dresser nos tentes au bas de la montagne de Sebbeh. La chaleur avait été très-forte, nos guides nous avaient promis de l'eau, et, en arrivant au camp, hommes et bêtes durent s'en passer. Je ne connais rien de plus pénible que la soif dont on se sent pris aussitôt que l'on est certain de ne pas avoir d'eau à boire. Il fallut faire contre fortune bon cœur; et, dès le point du jour, nous nous mîmes en devoir d'escalader la montagne au pied de laquelle nous avions campé, et dont le sommet est couronné par les ruines de Massada, dernier rempart de l'indépendance judaïque. Notre bonne étoile voulut qu'en descendant de Massada nous trouvassions un peu d'eau malpropre qui croupissait au soleil dans le creux d'un rocher : ce fut pour nous un délicieux régal. A midi, nous étions de retour au camp. Nos bagages avaient pris les devants, et nous partîmes pour les rejoindre au plus vite.

Chemin faisant, nous eûmes ce jour-là une surprise assez désagréable. La veille, nous avions admiré le spectacle étrange que nous présentait la plage couverte, devant Sebbeh, de monticules de cendres d'un gris verdâtre, rongés par les eaux de l'hiver, et offrant l'aspect d'une ville fantastique en ruines ; nous dûmes traverser cette plaine, et, dans le lit d'une des mille ravines qui la coupent, nous vîmes, très-nettement imprimés, les pas récents d'un lion de fort belle taille : heureusement nous n'en vîmes que les traces. A la tombée du jour, nous entrions dans une gorge très-resserrée, nommée Ouad-Maïet-Embarrheg, où nous trouvions de l'eau vive en abondance, et nos tentes établies. Rien de plus pittoresque que ce frais ouadi, qui doit ressembler à quelque ravin du Brésil, grâce à sa luxuriante végétation. En ce point sont des ruines considérables et un petit castellum romain bien conservé. Je serais assez porté à croire que ces ruines que nous avons examinées les premiers, sont celles de la station romaine de Thamara. Il y a bien effectivement quelque rapprochement à faire entre le nom Maïet-Embarrheg et le nom Thamara latinisé. Avant d'arriver à ce campement, nous reconnûmes plusieurs cratères bien caractérisés, et une large coulée de lave.

Notre journée du lendemain fut riche en observations du plus haut intérêt : en quittant Maïet-Embarrheg, nous trouvâmes sur les flancs de la montagne de nouveaux cratères, et nous parvînmes enfin au pied de la montagne de Sel, le Djebel-el-Melehh, ou Djebel-Esdoum des Arabes. A la pointe nord de cette montagne est un amas de décombres qui domine la mer ; c'est le Redjom-el-Mezorrhel (le monceau bouleversé). A deux cents mètres à droite et sur le flanc

même de la roche saline, sont les ruines d'une ville immense ;
ces ruines, les Arabes les appellent Kherbet-Esdoum. C'est
Sodome. A deux kilomètres de là, sur le flanc d'une colline et
au nord-ouest de la montagne de Sel, sont des ruines encore,
et qui recouvrent deux coteaux ; celles-ci s'appellent Kher-
bet-Zouera. C'est Zoar, la Segor des traductions de la sainte
Bible. Un soulèvement peut seul avoir fait surgir ce bloc de
sel de trois lieues de longueur, d'une lieue de largeur et de
plus de cent mètres de hauteur ; et lors de ce soulèvement,
déterminé par l'éruption volcanique qui détruisit simulta-
nément toutes les villes de la Pentapole, Sodome dut être
renversée de fond en comble, en écrasant tous ses habitants.
Une immensité de décombres rongés par les siècles, quelques
affleurements de murs cyclopéens ensevelis dans les scories
et la cendre : telle est aujourd'hui Sodome. La plage que
domine la montagne de Sel est très-dangereuse, à cause de
la nature du terrain qui la constitue. Parfois, le sable im-
prégné de sel, dès qu'il est détrempé par les pluies, perd
toute consistance et manque sous les pas ; il n'y a point alors
de salut à espérer, on s'engouffre dans des abîmes sans fond,
où l'on périt étouffé. Nos scheikhs, redoutant ce danger, et
plus encore celui d'une rencontre avec quelque Bédouin va-
gabond, nous signifièrent qu'à partir de la montagne de Sel,
ils ne répondraient plus de nous que si nous marchions en
troupe et sans jamais nous écarter les uns des autres. Nous
nous le tînmes pour dit. Au moment où nous allions nous éloigner du Djebel-el-Melehh pour traverser la Sabkhah, plaine
fangeuse et sans végétation, qui couvre la pointe sud de la
mer Morte, nous fîmes la rencontre d'une trentaine de Bédouins Ahouethat, venus au-devant de nous pour nous dé-

2.

pouiller. Mais leurs intentions hostiles furent de courte durée ; ils n'étaient pas en mesure d'avoir facilement raison de nous, et ils jugèrent plus prudent de nous accueillir avec force démonstrations d'amitié et en nous offrant l'hospitalité ; il n'y avait guère moyen de la refuser sans nous attirer toute la tribu sur les bras, et nous l'acceptâmes. Une fois engagés dans la Sabkhah, nous eûmes à franchir sept cours d'eau considérables, nommés, d'un nom général, Eschothnah (les impétueux), et parmi lesquels le plus fort, le Nahr-Fekreh, est presque comparable au Jourdain. Il nous fallut plus de deux heures pour traverser cette plaine détrempée, que borde à l'est une lisière de roseaux immenses, au sortir de laquelle nous entrâmes dans une véritable forêt tropicale, avec ses panthères et ses colibris. C'est le Rhôr-Safieh. En quelques minutes nous fûmes arrivés, et, il faut l'avouer, les devoirs de l'hospitalité furent parfaitement remplis à notre égard. La tribu nous offrit des moutons et du lait, et nous passâmes la nuit la plus tranquille au milieu d'une multitude considérée, à bon droit, comme le ramassis des plus grands bandits de la terre. Le lendemain matin, nous dûmes, il est vrai, payer grassement l'hospitalité de nos amis les Ahouethat, et nous nous séparâmes dans les meilleurs termes, après force pourparlers sur le tarif de notre générosité. Ce jour-là, nous pûmes à peine avancer d'une lieue dans le Rhôr, et nous vînmes forcément nous loger au premier campement des Beni-Sakhar, tribu puissante et riche, dont l'influence est énorme sur la rive orientale de la mer Morte. Nous nous entendîmes avec eux, et, moyennant une assez forte rançon, nous réussîmes à obtenir leur protection efficace. Trois de leurs scheikhs nous accompagnèrent à partir de ce moment, et pendant deux journées nous avançâmes en toute sécurité. A la fin de la seconde, nous étions arrivés dans un village de boue et de branchages nommé El-Mezrâa, et qu'habitent en toute saison les Rhaouarna, seules créatures humaines qui ne désertent pas les bords de la mer Morte aussitôt que la saison d'hivernage est arrivée à son terme. Les Rhaouarna, nos nouveaux hôtes, savaient déjà le marché que nous avions fait avec les Beni-Sakhar, et l'envie leur vint de se substituer à eux, et de nous vendre au même taux une protection qui ne pouvait pas s'étendre au delà des limites de leur territoire; une querelle s'éleva naturellement sur un pareil sujet, et comme entre Arabes on en vient de suite aux coups dès qu'il s'agit de piastres, un véritable combat s'engagea dès que la nuit fut close. Mais l'attaque des avides Rhaouarna fut vivement repoussée à coups de sabre; et dès qu'ils virent les plus hardis d'entre eux hors de combat, ils renoncèrent à une espérance qui ne leur rapportait que des coups.

Pour arriver à El-Mezrâa, nous avions traversé des ruines du même genre que celles de Sodome. Nous croyions être sur l'emplacement de Gomorrhe, et nous n'apprîmes qu'au retour le véritable nom de cette ville pentapolitaine. Nous foulions les Kherbet-Sebâan, et il était difficile de ne pas y reconnaître les vestiges de Seboïm. De là nous montâmes par l'Ouad-Beni-Hammid dans le pays de Moab, où nous visitâmes des ruines de villes construites en blocs de lave non équarris, et qui couvrent pour ainsi dire tous les versants des vallées. Presque toujours on va d'une ruine à l'autre par de larges routes bordées d'énormes blocs de lave, rangés comme les peulvens celtiques de Karnac.

Dans l'une de ces villes nous découvrîmes avec bonheur un magnifique bas-relief en lave, représentant un roi moabite donnant un coup de lance. J'espère que bientôt ce précieux débris d'un art dont aucun musée du monde ne possède la moindre relique, viendra s'ajouter aux trésors de notre musée national. La plaine moabitique est parfaitement cultivée, et la nature du sol est telle qu'elle promet, à coup sûr, des produits d'une grande richesse. A la pointe nord, nous avons visité une ruine isolée, placée sur le sommet d'un mamelon qui domine la plaine et la vallée de l'Arnon; c'est Schihan, localité dont le nom rappelle sans altération celui du roi de Bassan qui fut le conquérant de la Moabitide. Là nous eûmes encore un débat avec des Bédouins qui fondirent sur nous à l'improviste, mais qui, nous trouvant disposés à repousser la force par la force, s'abstinrent prudemment de toute hostilité sérieuse. Dans toutes ces ruines nous rencontrions de précieux fragments d'architecture, destinés, nous le pensons du moins, à éclairer une question bien débattue déjà, celle de la véritable origine de l'ordre ionique. Entre Schihan et Er-Rabba, la Rabbath-Moab de l'Écriture, nous visitâmes les ruines d'un temple magnifique de l'époque romaine, nommé Beit-el-Kerm, et dédié au Soleil. Il est construit sur les débris d'un temple moabite, bâti en blocs de lave. De là nous mîmes à peu près deux heures à gagner Er-Rabba, l'Aréopolis des Grecs et des Romains. Les ruines de cette ville sont très-considérables, très-imposantes encore, et chaque pierre, par sa position actuelle, décèle la véritable cause de l'abandon de la ville : ce sont les tremblements de terre. Nous nous rendîmes ensuite à El-Karak, le Krak de Montréal des croisades, et le

poste avancé de la chrétienté vers les déserts de l'Arabie
Pétrée. Pendant deux jours entiers nous dûmes nous y
exercer à une patience à toute épreuve, et endurer la prison
et les extorsions les plus criantes, pour nous tirer des griffes
du scheikh musulman Mohammed-el-Midjielly. On peut
aisément deviner la joie avec laquelle nous nous éloignâmes
de cet amas de décombres infects, que l'on décore du nom
de ville, et dont les habitants hospitaliers nous envoyèrent
une volée de pierres dès que nous en eûmes franchi l'en-
ceinte. Midjielly, qui s'était engagé à nous accompagner jusqu'au Rhôr, n'eut garde de tenir sa promesse; il nous sou-
haita bon voyage d'un air fourbe, et s'éloigna au galop, re-
gagnant son repaire de bandits. Quelques heures après, nous
franchissions le cratère d'un immense volcan éteint; c'est
l'Ouad-Kharazeh, où périrent plusieurs milliers des soldats
d'Ibrahim-Pacha, lors de sa première expédition contre El-
Karak.

Nous débouchâmes enfin par l'Ouad-ed-Drâa, et nous
plantâmes nos tentes auprès d'un ruisseau d'eau vive dont
les bords sont ombragés de palmiers nains, de mimosas et
de seyal ou gommiers. Le lendemain, nous étions de retour chez nos fidèles amis les Beni-Sakhar, et il nous semblait que nous fussions hors de tout danger. Nous avions
compté sans les éléments : pendant la nuit, la pluie survint
violente et serrée, comme les pluies de ce rude climat, et
nous commençâmes à craindre que le passage de la Sabkhah
ne fût devenu impossible. Au petit jour donc, pour ne pas
perdre une minute, nous nous mîmes en marche, suivant
en sens inverse la même route que nous avions suivie quelques jours avant, et nous arrivâmes avec d'indicibles an-

goisses à la plaine effondrée qui nous séparait de la rive
occidentale. Au premier cours d'eau que nous eûmes à traverser, une de nos mules faillit périr entraînée par le tor-
rent; au second, un de nos chevaux se noya dans la boue.
Nous ne pouvions avancer qu'avec une lenteur désespérante ;
hommes et bêtes tombaient coup sur coup, à demi enterrés
dans la fange, et ne se relevaient qu'à l'aide des efforts réu-
nis de tous nos Bédouins. Nous ne pensions qu'avec terreur
au Nahr-Fekrch ; mais la Providence nous protégeait : la
pluie n'avait grossi que les torrents qui coupent la zone
orientale de la Sabkhah, et la rivière si redoutée avait décru
au lieu de se gonfler, pendant les quelques jours qui s'é-
taient écoulés depuis notre passage. Trois heures après, nous
touchions de nouveau le flanc de la montagne de Sel ; nous
étions hors de danger ; nous avions, pour ainsi dire, ac-
compli la tâche épineuse que nous nous étions imposée, et
l'on peut deviner que notre joie était grande. L'un de nos
Tâamery, beau jeune homme d'un dévouement à toute
épreuve, faillit périr d'épuisement lorsque nous atteignîmes
le terrain solide, et nous eûmes toutes les peines du monde
à le décider à prendre une goutte d'eau-de-vie de dattes qui
pût lui rendre un peu d'énergie. Au soleil couchant, nous
avions traversé de nouveau Sodome, et, passant entre les
deux coteaux que recouvrent les ruines de Segor, nous entrions dans l'Ouad-ez-Zouera, par lequel nous devions remonter dans la terre de Canaan et gagner Hébron. J'a-
mais nous n'oublierons le magnifique spectacle qu'il nous
fut donné d'admirer lorsque nous eûmes gravi les premiers
contre-forts de la chaîne Cananéenne. Un orage violent venu
de l'ouest avait franchi ces montagnes, et, passant au-dessus

de la mer Morte, il était venu fondre sur la plaine de Moab;
au couchant, le ciel était parfaitement dégagé de vapeurs; à
l'orient, il était de la teinte la plus sombre; au pied des
montagnes de Moab, la mer semblait une vaste nappe de
plomb fondu, et les montagnes elles-mêmes, noires à leur
base, étaient d'un rouge de feu depuis la moitié de leur
hauteur jusqu'à leur sommet. Tous ensemble nous pous-
sâmes un cri d'admiration : c'était l'incendie de la Pentapole qui recommençait sous nos yeux. Je ne crains pas de
dire que le peintre qui parviendrait à rendre l'effet saisis-
sant d'un pareil tableau s'illustrerait entre tous. Notre nuit
se passa tranquillement au fond d'une gorge latérale de
l'Ouad-ez-Zouera, nommée En-Nedjid, et située entre la Zoar
de la Bible, Kherbet-Zouera-et-Tahtah, la Zouera inférieure
des Arabes, et la Zouera d'en haut, Zouera-el-Fouqah. Là
sont des citernes, et les ruines d'une petite citadelle arabe
placée au sommet d'un mamelon volcanique.

De ce point jusqu'à Hébron, il y a deux journées de
marche pénibles. Dans la première, au moment même où
une pluie glaciale venait interrompre nos travaux de relève-
ment, nous traversâmes un nouveau cratère au milieu du-
quel nos Arabes m'arrêtèrent en me disant : « Ici encore était
une ville détruite par Allah. Voici l'emplacement du marché
d'et-Thaemeh. » Nous retrouvions ainsi Adamah, dont la ca-
tastrophe et le nom resteront toujours gravés dans la mé-
moire des Arabes. Dans ces deux journées, nous passâmes
en vue de plusieurs localités bibliques, telles que Adadah,
Mayn, Kourmoul et Ziph ; nous vîmes les ruines de plusieurs
autres cités contemporaines, et nous arrivâmes enfin exté-
nués et transis à Hébron, qui semblait s'éloigner devant

3

nous. Le lendemain nous étions de retour à Jérusalem, à la grande joie de tous nos amis, que la nouvelle de notre mort, arrivée je ne sais d'où, avait vivement inquiétés.

Après quelques jours de repos, nous songeâmes à compléter notre voyage par l'exploration de la pointe nord de la mer Morte. En conséquence, nous gagnâmes er-Riha ou Jéricho, en payant, comme tous les touristes qui vont visiter le Jourdain et la mer Morte, une rançon de cent piastres par tête. De er-Riha, nous passâmes au Qasr-Hadjlah, couvent ruiné de l'époque des croisades, et dont les murs sont couverts de peintures du XIIIe siècle, et à Ayn-Hadjlah, emplacement certain du Beit-Hadjlah des Écritures. De là nous atteignîmes avec peine et à travers une plaine effondrée, mais beaucoup moins difficile que la Sabkhah du sud, le bord septentrional de la mer Morte. Nous reconnûmes, en passant, un petit îlot couvert de décombres, et que les Arabes appellent Redjom-Louth (le monceau de Loth). En longeant la plage et traversant le Rhôr-Djahir, nous atteignîmes Ayn-Feschkhah, situé à deux kilomètres environ du point où nous étions venus descendre en partant de Mar-Saba, et au pied du Djebel-Feschkhah. Là encore nous traversâmes un vaste cratère dont la vue nous expliqua la présence des déjections volcaniques convergentes que nous avions reconnues à notre premier voyage. Au pied de ce cratère sont des ruines considérables, déjà signalées par Robinson, et recherchées vainement après lui par l'expédition américaine; ces ruines, les Arabes les appellent Kherbet-Oumran ou Goumran. Est-il possible de se refuser à retrouver en ce point la Gomorrhe détruite par la colère céleste? Pour ma part, je ne le pense pas. De Ayn-Feschkhah, nous remontâmes par l'Ouad-Da-

(19)

bour au Oualy ou tombeau musulman de Naby-Mousa, et
nous rentrâmes à Jérusalem par Béthanie, El-Aazarieh des
Arabes.

Résumons maintenant le plus brièvement possible les faits
qui résultent de cette course sur les rives de la mer Morte.

Des cours d'eau considérables descendent du sud au nord
et en sens précisément inverse du Jourdain, pour se jeter
dans la mer Morte, que les Arabes appellent la mer de Loth;
ce lac a donc toujours existé. La Bible, d'ailleurs, s'exprime
formellement sur ce point, et nous croyons qu'il serait impossible de trouver un seul passage des textes sacrés qui pût
donner lieu à croire que les villes de la Pentapole ont été
englouties dans la mer Morte, qui aurait pris subitement la
place de la vallée de Sittim. L'eau de ce lac est d'un goût
détestable, mais d'une grande limpidité; elle est presque saturée de matières salines, et le sel y cristallise naturellement.
Aucun animal n'y peut vivre, et tout ce que l'on a dit des
coquilles ramassées sur ses bords par quelques voyageurs, se
rapporte certainement aux mélanopsides, qui pullulent dans
toutes les sources que l'on rencontre sur le rivage. On trouve
sur la plage des morceaux de bitume et de soufre; mais les
premiers proviennent de la chaîne de calcaire bitumineux
qui borde la rive orientale; les autres se rencontrent dans
les monticules de cendres volcaniques accumulés sur plusieurs points de la côte et à proximité des cratères. Chacune
des villes de la Pentapole a laissé des ruines évidentes aux-
quelles les Arabes appliquent invariablement les noms bibliques eux-mêmes, et presque sans altération : chacune de
ces villes est dominée par un cratère, et tous ces volcans sont
modernes, géologiquement parlant, c'est-à-dire de l'époque

historique. La végétation des rives de la mer Morte est admirable, partout où il y a quelque peu d'eau douce. Bien loin de périr asphyxiés par les exhalaisons du lac, les oiseaux aquatiques y nagent fort à l'aise, et sans avoir l'air d'en souffrir en quoi que ce soit. Enfin, le pilier de sel signalé et dessiné par l'expédition américaine, ne peut être autre chose que l'une des roches de sel gemme que les pluies détachent incessamment de la masse du Djebel-el-Melehh.

Pour compléter l'étude du littoral de la mer Morte, il resterait à visiter toute la portion de la rive comprise au nord-est, entre l'Ouad-el-Moudjeb et l'embouchure du Jourdain. Je me plais à espérer que quelqu'un de nos savants confrères ira compléter un jour cette intéressante exploration.

PARIS. — TYPOGRAPHIE DE FIRMIN DIDOT FRÈRES,
IMPRIMEURS DE L'INSTITUT, RUE JACOB, N° 56.